GRöLS Verlage

„BÜCHER SIND WIE FALLSCHIRME. SIE NÜTZEN UNS NICHTS, WENN WIR SIE NICHT ÖFFNEN."

Gröls Verlag

Redaktionelle Hinweise und Impressum

Das vorliegende Werk wurde zugunsten der Authentizität sehr zurückhaltend bearbeitet. So wurden etwa ursprüngliche Rechtschreibfehler *nicht* systematisch behoben, denn kleine Unvollkommenheiten machen das Buch – wie im Übrigen den Menschen – erst authentisch. Mitunter wurden jedoch zum Beispiel Absätze behutsam neu getrennt, um den Lesefluss zu erleichtern.

Um die Texte zu rekonstruieren, werden antiquarische Bücher von Lesegeräten gescannt und dann durch eine Software lesbar gemacht. Der so entstandene Text wird von Menschen gegengelesen und korrigiert – hierbei treten auch Fehler auf. Wenn Sie ebenfalls antiquarische Texte einreichen möchten, finden Sie weitere Informationen auf www.groels.de

Viel Freude bei der Lektüre wünscht Ihnen das Team des Gröls-Verlags.

Adressen
Verleger: Sophia Gröls, Im Borngrund 26, 61440 Oberursel
Externer Dienstleister für Distribution & Herstellung: BoD, In de Tarpen 42, 22848 Norderstedt

Unsere „Edition | Kleine Klassiker“ versammelt über hundert unbestrittene Klassiker der Weltliteratur in einem ästhetisch anspruchsvollen und handlichen Format.

Die Gröls-Klassiker-Editionen gehören heute mit ungefähr tausend Werken zu den größten Sammlungen klassischer Literatur im deutschen Sprachraum. Wir kultivieren und kuratieren damit einen der wertvollsten Bereiche der abendländischen Kultur. Kleine Auswahl:

Francis Bacon • Neues Organon • **Balzac** • Glanz und Elend der Kurtisanen • **Joachim H. Campe** • Robinson der Jüngere • **Dante Alighieri** • Die Göttliche Komödie • **Daniel Defoe** • Robinson Crusoe • **Charles Dickens** • Oliver Twist • **Denis Diderot** • Jacques der Fatalist • **Fjodor Dostojewski** • Schuld und Sühne • **Arthur Conan Doyle** • Der Hund von Baskerville • **Elisabeth von Österreich** • Das Poetische Tagebuch • **Friedrich Engels** • Die Lage der arbeitenden Klasse • **Ludwig Feuerbach** • Das Wesen des Christentums • **Fitzgerald** • Zärtlich ist die Nacht • **Flaubert** • Madame Bovary • **Theodor Fontane** • Effi Briest • **Robert Musil** • Über die Dummheit • **Edgar Wallace** • Der Frosch mit der Maske • **Jakob Wassermann** • Der Fall Maurizius • **Oscar Wilde** • Das Bildnis des Dorian Grey •

Mark Twain • Huckleberry Finns Abenteuer und Fahrten • **Anton Tschechow** • Die Möwe • **Ludwig Tieck** • Der gestiefelte Kater • **Feuerbach** • Das Wesen des Christentums • **Fitzgerald** • Zärtlich ist die Nacht • **Flaubert** • Madame Bovary • **Theodor Fontane** • Effi Briest • **Robert Musil** • Über die Dummheit • **Edgar Wallace** • Der Frosch mit der Maske • **Jakob Wassermann** • Der Fall Maurizius • **Oscar Wilde** • Das Bildnis des Dorian Grey • **Mark Twain** • Huckleberry Finns Abenteuer und Fahrten • **Anton Tschechow** • Die Möwe • **Ludwig Tieck** • Der gestiefelte Kater • **Jonathan Swift** • Gullivers Reisen • **Robert Louis Stevenson** • Die Schatzinsel • **William Shakespeare** • Othello • **Arthur Schopenhauer** • Die Kunst, Recht zu behalten • **Felix Salten** • Bambi • **Platon** • Der Staat • **Arthur Schnitzler** • Traumnovelle • **Friedrich Schiller** • Wilhelm Tell • **Karl May** • Winnetou • **Franz Kafka** • Der Prozeß • Platon • Verteidigungsrede • **Jules Verne** • Reise nachdem Mittelpunkt der Erde • **Leo Tolstoi** • Auferstehung • **August Strindberg** • Inferno • **Julius Stinde** • Familie Buchholz • **Wilhelm Raabe** • Die schwarze Galeere • **Friedrich Nietzsche** • Götzendämmerung • **Gotthold Ephraim Lessing** • Emilia Galotti *und viele weitere Werke….*

Franz Kafka

Das Urteil

Der Hungerkünstler

Der Gruftwächter

Inhalt

Das Urteil

Es war an einem Sonntagvormittag im schönsten Frühjahr. Georg Bendemann, ein junger Kaufmann, saß in seinem Privatzimmer im ersten Stock eines der niedrigen, leichtgebauten Häuser, die entlang des Flusses in einer langen Reihe, fast nur in der Höhe und Färbung unterschieden, sich hinzogen. Er hatte gerade einen Brief an einen sich im Ausland befindenden Jugendfreund beendet, verschloß ihn in spielerischer Langsamkeit und sah dann, den Ellbogen auf den Schreibtisch gestützt, aus dem Fenster auf den Fluß, die Brücke und die Anhöhen am anderen Ufer mit ihrem schwachen Grün.

Er dachte darüber nach, wie dieser Freund, mit seinem Fortkommen zu Hause unzufrieden, vor Jahren schon nach Rußland sich förmlich geflüchtet hatte. Nun betrieb er ein Geschäft in Petersburg, das anfangs sich sehr gut angelassen hatte, seit langem aber schon zu stocken schien, wie der Freund bei seinen immer seltener werdenden Besuchen klagte. So arbeitete er sich in der Fremde nutzlos ab, der fremdartige Vollbart verdeckte nur schlecht das seit den Kinderjahren wohlbekannte Gesicht, dessen gelbe Hautfarbe auf eine sich entwickelnde Krankheit hinzudeuten schien. Wie er erzählte, hatte er keine rechte Verbindung mit der dortigen Kolonie seiner Landsleute, aber auch fast keinen gesellschaftlichen Verkehr mit einheimischen Familien und richtete sich so für ein endgültiges Junggesellentum ein.

Was wollte man einem solchen Manne schreiben, der sich offenbar verrannt hatte, den man bedauern, dem man aber nicht helfen konnte. Sollte man ihm vielleicht raten, wieder nach Hause zu kommen, seine Existenz hierher zu verlegen, alle die alten freundschaftlichen Beziehungen wieder aufzunehmen – wofür ja kein Hindernis bestand – und im übrigen auf die Hilfe der Freunde zu vertrauen? Das bedeutete aber nichts anderes, als daß man ihm gleichzeitig, je schonender, desto kränkender, sagte, daß seine bisherigen Versuche mißlungen seien, daß er endlich von ihnen ablassen solle, daß er zurückkehren und sich als ein für immer Zurückgekehrter von allen mit großen Augen anstaunen lassen müsse, daß nur seine Freunde etwas verstünden und daß er ein altes Kind sei, das den erfolgreichen, zu Hause gebliebenen Freunden einfach zu folgen habe. Und war es dann noch sicher, daß alle die Plage, die man ihm antun müßte, einen Zweck hätte? Vielleicht gelang es nicht einmal, ihn überhaupt nach Hause zu bringen – er sagte ja selbst, daß er die Verhältnisse in der Heimat nicht mehr verstünde –, und so bliebe er dann trotz allem in seiner Fremde, verbittert durch die Ratschläge und den Freunden noch ein Stück mehr entfremdet. Folgte er aber wirklich dem Rat und würde hier – natürlich nicht mit Absicht, aber durch die Tatsachen – niedergedrückt, fände sich nicht in seinen Freunden und nicht ohne sie zurecht, litte an Beschämung, hätte jetzt wirklich keine Heimat und keine Freunde mehr, war es da nicht viel besser für ihn, er blieb in der Fremde, so wie er war? Konnte man denn bei solchen Umständen daran denken, daß er es hier tatsächlich vorwärts bringen würde?

Aus diesen Gründen konnte man ihm, wenn man noch überhaupt die briefliche Verbindung aufrecht erhalten wollte, keine eigentlichen Mitteilungen machen, wie man sie ohne Scheu auch den entferntesten Bekannten machen würde. Der Freund war nun schon über drei Jahre nicht in der Heimat gewesen und erklärte dies sehr notdürftig mit der Unsicherheit der politischen Verhältnisse in Rußland, die demnach also auch die kürzeste Abwesenheit eines kleinen Geschäftsmannes nicht zuließen, während hunderttausende Russen ruhig in der Welt herumfuhren. Im Laufe dieser drei Jahre hatte sich aber gerade für Georg vieles verändert. Von dem Todesfall von Georgs Mutter, der vor etwa zwei Jahren erfolgt war und seit welchem Georg mit seinem alten Vater in gemeinsamer Wirtschaft lebte, hatte der Freund wohl noch erfahren und sein Beileid in einem Brief mit einer Trockenheit ausgedrückt, die ihren Grund nur darin haben konnte, daß die Trauer über ein solches Ereignis in der Fremde ganz unvorstellbar wird. Nun hatte aber Georg seit jener Zeit, so wie alles andere, auch sein Geschäft mit größerer Entschlossenheit angepackt. Vielleicht hatte ihn der Vater bei Lebzeiten der Mutter dadurch, daß er im Geschäft nur seine Ansicht gelten lassen wollte, an einer wirklichen eigenen Tätigkeit gehindert, vielleicht war der Vater seit dem Tode der Mutter, trotzdem er noch immer im Geschäft arbeitete, zurückhaltender geworden, vielleicht spielten – was sogar sehr wahrscheinlich war – glückliche Zufälle eine weit wichtigere Rolle, jedenfalls aber hatte sich das Geschäft in diesen zwei Jahren ganz unerwartet entwickelt, das Personal hatte man verdoppeln müssen, der Umsatz hatte sich verfünffacht, ein weiterer Fortschritt stand zweifellos bevor.

Der Freund aber hatte keine Ahnung von dieser Veränderung. Früher, zum letztenmal vielleicht in jenem Beileidsbrief, hatte er Georg zur Auswanderung nach Rußland überreden wollen und sich über die Aussichten verbreitet, die gerade für Georgs Geschäftszweig in Petersburg bestanden. Die Ziffern waren verschwindend gegenüber dem Umfang, den Georgs Geschäft jetzt angenommen hatte. Georg aber hatte keine Lust gehabt, dem Freund von seinen geschäftlichen Erfolgen zu schreiben, und hätte er es jetzt nachträglich getan, es hätte wirklich einen merkwürdigen Anschein gehabt.

So beschränkte sich Georg darauf, dem Freund immer nur über bedeutungslose Vorfälle zu schreiben, wie sie sich, wenn man an einem ruhigen Sonntag nachdenkt, in der Erinnerung ungeordnet aufhäufen. Er wollte nichts anderes, als die Vorstellung ungestört lassen, die sich der Freund von der Heimatstadt in der langen Zwischenzeit wohl gemacht und mit welcher er sich abgefunden hatte. So geschah es Georg, daß er dem Freund die Verlobung eines gleichgültigen Menschen mit einem ebenso gleichgültigen Mädchen dreimal in ziemlich weit auseinanderliegenden Briefen anzeigte, bis sich dann allerdings der Freund, ganz gegen Georgs Absicht, für diese Merkwürdigkeit zu interessieren begann.

Georg schrieb ihm aber solche Dinge viel lieber, als daß er zugestanden hätte, daß er selbst vor einem Monat mit einem Fräulein Frieda Brandenfeld, einem Mädchen aus wohlhabender Familie, sich verlobt hatte. Oft sprach er mit seiner Braut über diesen Freund und das besondere Korrespondenzverhältnis, in welchem er zu ihm stand. „Er wird also gar nicht zu unserer Hochzeit kommen," sagte sie, „und ich habe doch das Recht, alle deine Freunde kennen zu lernen." „Ich will ihn nicht stören," antwortete Georg, „verstehe mich recht, er würde wahrscheinlich kommen, wenigstens glaube ich es, aber er würde sich gezwungen und geschädigt fühlen, vielleicht mich beneiden und sicher unzufrieden und unfähig, diese Unzufriedenheit jemals zu beseitigen, allein wieder zurückfahren. Allein – weißt du, was das ist?“ „Ja, kann er denn von unserer Heirat nicht auch auf andere Weise erfahren?“ „Das kann ich allerdings nicht verhindern, aber es ist bei seiner Lebensweise unwahrscheinlich.“ „Wenn du solche Freunde hast, Georg, hättest du dich überhaupt nicht verloben sollen.“ „Ja, das ist unser beider Schuld; aber ich wollte es auch jetzt nicht anders haben.“ Und wenn sie dann, rasch atmend unter seinen Küssen, noch vorbrachte: „Eigentlich kränkt es mich doch“, hielt er es wirklich für unverfänglich, dem Freund alles zu schreiben. „So bin ich und so hat er mich hinzunehmen“, sagte er sich, „ich kann nicht aus mir einen Menschen herausschneiden, der vielleicht für die Freundschaft mit ihm geeigneter wäre, als ich es bin.“

Und tatsächlich berichtete er seinem Freunde in dem langen Brief, den er an diesem Sonntagvormittag schrieb, die erfolgte Verlobung mit folgenden Worten: „Die beste Neuigkeit habe ich mir bis zum Schluß aufgespart. Ich habe mich mit einem Fräulein Frieda Brandenfeld verlobt, einem Mädchen aus einer wohlhabenden Familie, die sich hier erst lange nach Deiner Abreise angesiedelt hat, die Du also kaum kennen dürftest. Es wird sich noch Gelegenheit finden, Dir Näheres über meine Braut mitzuteilen, heute genüge Dir, daß ich recht glücklich bin und daß sich in unserem gegenseitigen Verhältnis nur insofern etwas geändert hat, als Du jetzt in mir statt eines ganz gewöhnlichen Freundes einen glücklichen Freund haben wirst. Außerdem bekommst Du in meiner Braut, die Dich herzlich grüßen läßt, und die Dir nächstens selbst schreiben wird, eine aufrichtige Freundin, was für einen Junggesellen nicht ganz ohne Bedeutung ist. Ich weiß, es hält Dich vielerlei von einem Besuche bei uns zurück, wäre aber nicht gerade meine Hochzeit die richtige Gelegenheit, einmal alle Hindernisse über den Haufen zu werfen? Aber wie dies auch sein mag, handle ohne alle Rücksicht und nur nach Deiner Wohlmeinung."

Mit diesem Brief in der Hand war Georg lange, das Gesicht dem Fenster zugekehrt, an seinem Schreibtisch gesessen. Einem Bekannten, der ihn im Vorübergehen von der Gasse aus gegrüßt hatte, hatte er kaum mit einem abwesenden Lächeln geantwortet.

Endlich steckte er den Brief in die Tasche und ging aus seinem Zimmer quer durch einen kleinen Gang in das Zimmer seines Vaters, in dem er schon seit Monaten nicht gewesen war. Es bestand auch sonst keine Nötigung dazu, denn er verkehrte mit seinem Vater ständig im Geschäft, das Mittagessen nahmen sie gleichzeitig in einem Speisehaus ein, abends versorgte sich zwar jeder nach Belieben, doch saßen sie dann meistens, wenn nicht Georg, wie es am häufigsten geschah, mit Freunden beisammen war oder jetzt seine Braut besuchte, noch ein Weilchen, jeder mit seiner Zeitung, im gemeinsamen Wohnzimmer.

Georg staunte darüber, wie dunkel das Zimmer des Vaters selbst an diesem sonnigen Vormittag war. Einen solchen Schatten warf also die hohe Mauer, die sich jenseits des schmalen Hofes erhob. Der Vater saß beim Fenster in einer Ecke, die mit verschiedenen Andenken an die selige Mutter ausgeschmückt war, und las die Zeitung, die er seitlich vor die Augen hielt, wodurch er irgendeine Augenschwäche auszugleichen suchte. Auf dem Tisch standen die Reste des Frühstücks, von dem nicht viel verzehrt zu sein schien.

„Ah, Georg!“ sagte der Vater und ging ihm gleich entgegen. Sein schwerer Schlafrock öffnete sich im Gehen, die

Enden umflatterten ihn – „mein Vater ist noch immer ein Riese“, sagte sich Georg.
“Hier ist es ja unerträglich dunkel“, sagte er dann.
„Ja, dunkel ist es schon“, antwortete der Vater.
„Das Fenster hast du auch geschlossen?“
„Ich habe es lieber so.“
„Es ist ja ganz warm draußen“, sagte Georg, wie im Nachhang zu dem Früheren, und setzte sich.
Der Vater räumte das Frühstücksgeschirr ab und stellte es auf einen Kasten.
„Ich wollte dir eigentlich nur sagen,“ fuhr Georg fort, der den Bewegungen des alten Mannes ganz verloren folgte, „daß ich nun doch nach Petersburg meine Verlobung angezeigt habe.“ Er zog den Brief ein wenig aus der Tasche und ließ ihn wieder zurückfallen.

„Nach Petersburg?“ fragte der Vater.

„Meinem Freunde doch“, sagte Georg und suchte des Vaters Augen. – „Im Geschäft ist er doch ganz anders,“ dachte er, „wie er hier breit sitzt und die Arme über der Brust kreuzt.“

„Ja. Deinem Freunde“, sagte der Vater mit Betonung.

“Du weißt doch, Vater, daß ich ihm meine Verlobung zuerst verschweigen wollte. Aus Rücksichtnahme, aus keinem anderen Grunde sonst. Du weißt selbst, er ist ein schwieriger Mensch. Ich sagte mir, von anderer Seite kann er von meiner Verlobung wohl erfahren, wenn das auch bei seiner einsamen Lebensweise kaum wahrscheinlich ist – das kann ich nicht hindern –, aber von mir selbst soll er es nun einmal nicht erfahren.“

„Und jetzt hast du es dir wieder anders überlegt?“ fragte der Vater, legte die große Zeitung auf den Fensterbord und auf die Zeitung die Brille, die er mit der Hand bedeckte.

„Ja, jetzt habe ich es mir wieder überlegt. Wenn er mein guter Freund ist, sagte ich mir, dann ist meine glückliche Verlobung auch für ihn ein Glück. Und deshalb habe ich nicht mehr gezögert, es ihm anzuzeigen. Ehe ich jedoch den Brief einwarf, wollte ich es dir sagen.“

„Georg,“ sagte der Vater und zog den zahnlosen Mund in die Breite, „hör' einmal! Du bist wegen dieser Sache zu mir gekommen, um dich mit mir zu beraten. Das ehrt dich ohne Zweifel. Aber es ist nichts, es ist ärger als nichts, wenn du mir jetzt nicht die volle Wahrheit sagst. Ich will nicht Dinge aufrühren, die nicht hierher gehören. Seit dem Tode unserer teueren Mutter sind gewisse unschöne Dinge vorgegangen. Vielleicht kommt auch für sie die Zeit und vielleicht kommt sie früher, als wir denken. Im Geschäft entgeht mir manches, es wird mir vielleicht nicht verborgen – ich will jetzt gar nicht die Annahme machen, daß es mir verborgen wird –, ich bin nicht mehr kräftig genug, mein Gedächtnis läßt nach, ich habe nicht mehr den Blick für alle die vielen Sachen. Das ist erstens der Ablauf der Natur, und zweitens hat mich der Tod unseres Mütterchens viel mehr niedergeschlagen als dich. – Aber weil wir gerade bei dieser Sache halten, bei diesem Brief, so bitte ich dich, Georg, täusche mich nicht. Es ist eine Kleinigkeit, es ist nicht des Atems wert, also täusche mich nicht. Hast du wirklich diesen Freund in Petersburg?“

Georg stand verlegen auf. „Lassen wir meine Freunde sein. Tausend Freunde ersetzen mir nicht meinen Vater. Weißt du, was ich glaube? Du schonst dich nicht genug. Aber das Alter verlangt seine Rechte. Du bist mir im Geschäft unentbehrlich, das weißt du ja sehr genau, aber wenn das Geschäft deine Gesundheit bedrohen sollte, sperre ich es noch morgen für immer. Das geht nicht. Wir müssen da eine andere Lebensweise für dich einführen. Aber von Grund aus. Du sitzt hier im Dunkel, und im Wohnzimmer hättest du schönes Licht. Du nippst vom Frühstück, statt dich ordentlich zu stärken. Du sitzt bei geschlossenem Fenster, und die Luft würde dir so gut tun. Nein, mein Vater!

Ich werde den Arzt holen und seinen Vorschriften werden wir folgen. Die Zimmer werden wir wechseln, du wirst ins Vorderzimmer ziehen, ich hierher. Es wird keine Veränderung für dich sein, alles wird mit übertragen werden. Aber das alles hat Zeit, jetzt lege dich noch ein wenig ins Bett, du brauchst unbedingt Ruhe. Komm, ich werde dir beim Ausziehn helfen, du wirst sehn, ich kann es. Oder willst du gleich ins Vorderzimmer gehn, dann legst du dich vorläufig in mein Bett. Das wäre übrigens sehr vernünftig."

Georg stand knapp neben seinem Vater, der den Kopf mit dem struppigen weißen Haar auf die Brust hatte sinken lassen.

„Georg", sagte der Vater leise, ohne Bewegung.

Georg kniete sofort neben dem Vater nieder, er sah die Pupillen in dem müden Gesicht des Vaters übergroß in den Winkeln der Augen auf sich gerichtet.

„Du hast keinen Freund in Petersburg. Du bist immer ein Spaßmacher gewesen und hast dich auch mir gegenüber nicht zurückgehalten. Wie solltest du denn gerade dort einen Freund haben! Das kann ich gar nicht glauben."

„Denk doch noch einmal nach, Vater," sagte Georg, hob den Vater vom Sessel und zog ihm, wie er nun doch recht schwach dastand, den Schlafrock aus, „jetzt wird es bald drei Jahre her sein, da war ja mein Freund bei uns zu Besuch. Ich erinnere mich noch, daß du ihn nicht besonders gern hattest. Wenigstens zweimal habe ich ihn vor dir verleugnet, trotzdem er gerade bei mir im Zimmer saß. Ich konnte ja deine Abneigung gegen ihn ganz gut verstehn, mein Freund hat seine Eigentümlichkeiten. Aber dann hast du dich doch auch wieder ganz gut mit ihm unterhalten. Ich war damals noch so stolz darauf, daß du ihm zuhörtest, nicktest und fragtest. Wenn du nachdenkst, mußt du dich erinnern. Er erzählte damals unglaubliche Geschichten von der russischen Revolution. Wie er z. B. auf einer Geschäftsreise in Kiew bei einem Tumult einen Geistlichen auf einem Balkon gesehen hatte, der sich ein breites Blutkreuz in die flache Hand schnitt, diese Hand erhob und die Menge anrief. Du hast ja selbst diese Geschichte hie und da wiedererzählt."

Währenddessen war es Georg gelungen, den Vater wieder niederzusetzen und ihm die Trikothose, die er über den Leinenunterhosen trug, sowie die Socken vorsichtig auszuziehn. Beim Anblick der nicht besonders reinen Wäsche machte er sich Vorwürfe, den Vater vernachlässigt zu haben. Es wäre sicherlich auch seine Pflicht gewesen, über den Wäschewechsel seines Vaters zu wachen. Er hatte mit seiner Braut darüber, wie sie die Zukunft des Vaters einrichten wollten, noch nicht ausdrücklich gesprochen, denn sie hatten stillschweigend vorausgesetzt, daß der Vater allein in der alten Wohnung bleiben würde. Doch jetzt entschloß er sich kurz mit aller Bestimmtheit, den Vater in seinen künftigen Haushalt mitzunehmen. Es schien ja fast, wenn man genauer zusah, daß die Pflege, die dort dem Vater

bereitet werden sollte, zu spät kommen könnte.
Auf seinen Armen trug er den Vater ins Bett. Ein schreckliches Gefühl hatte er, als er während der paar Schritte zum Bett hin merkte, daß an seiner Brust der Vater mit seiner Uhrkette spiele. Er konnte ihn nicht gleich ins Bett legen, so fest hielt er sich an dieser Uhrkette.
Kaum war er aber im Bett, schien alles gut. Er deckte sich selbst zu und zog dann die Bettdecke noch besonders weit über die Schulter. Er sah nicht unfreundlich zu Georg hinauf.
„Nicht wahr, du erinnerst dich schon an ihn?" fragte Georg und nickte ihm aufmunternd zu.
"Bin ich jetzt gut zugedeckt?" fragte der Vater, als könne er nicht nachschauen, ob die Füße genug bedeckt seien.

„Es gefällt dir also schon im Bett“, sagte Georg und legte das Deckzeug besser um ihn.

„Bin ich gut zugedeckt?“ fragte der Vater noch einmal und schien auf die Antwort besonders aufzupassen.

„Sei nur ruhig, du bist gut zugedeckt.“

„Nein!“ rief der Vater, daß die Antwort an die Frage stieß, warf die Decke zurück mit einer Kraft, daß sie einen Augenblick im Fluge sich ganz entfaltete, und stand aufrecht im Bett. Nur eine Hand hielt er leicht an den Plafond. „Du wolltest mich zudecken, das weiß ich, mein Früchtchen, aber zugedeckt bin ich noch nicht. Und ist es auch die letzte Kraft, genug für dich, zuviel für dich. Wohl kenne ich deinen Freund. Er wäre ein Sohn nach meinem Herzen. Darum hast du ihn auch betrogen die ganzen Jahre lang. Warum sonst? Glaubst du, ich habe nicht um ihn geweint? Darum doch sperrst du dich in dein Bureau, niemand soll stören, der Chef ist beschäftigt – nur damit du deine falschen Briefchen nach Rußland schreiben kannst. Aber den Vater muß glücklicherweise niemand lehren, den Sohn zu durchschauen. Wie du jetzt geglaubt hast, du hättest ihn untergekriegt, so untergekriegt, daß du dich mit deinem Hintern auf ihn setzen kannst und er rührt sich nicht, da hat sich mein Herr Sohn zum Heiraten entschlossen!“

Georg sah zum Schreckbild seines Vaters auf. Der Petersburger Freund, den der Vater plötzlich so gut kannte, ergriff ihn, wie noch nie. Verloren im weiten Rußland sah er ihn. An der Türe des leeren, ausgeraubten Geschäftes sah er ihn. Zwischen den Trümmern der Regale, den zerfetzten Waren, den fallenden Gasarmen stand er gerade noch. Warum hatte er so weit wegfahren müssen!

„Aber schau mich an!“ rief der Vater, und Georg lief, fast zerstreut, zum Bett, um alles zu fassen, stockte aber in der Mitte des Weges.

„Weil sie die Röcke gehoben hat,“ fing der Vater zu flöten an, „weil sie die Röcke so gehoben hat, die widerliche Gans,“ und er hob, um das darzustellen, sein Hemd so hoch, daß man auf seinem Oberschenkel die Narbe aus seinen Kriegsjahren sah, „weil sie die Röcke so und so und so gehoben hat, hast du dich an sie herangemacht, und damit du an ihr ohne Störung dich befriedigen kannst, hast du unserer Mutter Andenken geschändet, den Freund verraten und deinen Vater ins Bett gesteckt, damit er sich nicht rühren kann. Aber kann er sich rühren oder nicht?“

Und er stand vollkommen frei und warf die Beine. Er strahlte vor Einsicht.

Georg stand in einem Winkel, möglichst weit vom Vater. Vor einer langen Weile hatte er sich fest entschlossen, alles vollkommen genau zu beobachten, damit er nicht irgendwie auf Umwegen, von hinten her, von oben herab überrascht werden könne. Jetzt erinnerte er sich wieder an den längst vergessenen Entschluß und vergaß ihn, wie man einen kurzen Faden durch ein Nadelöhr zieht.

„Aber der Freund ist nun doch nicht verraten!“ rief der Vater, und sein hin-

und herbewegter Zeigefinger bekräftigte es. „Ich war sein Vertreter hier am Ort.“

“Komödiant!“ konnte sich Georg zu rufen nicht enthalten, erkannte sofort den Schaden und biß, nur zu spät, – die Augen erstarrt – in seine Zunge, daß er vor Schmerz einknickte.

„Ja, freilich habe ich Komödie gespielt! Komödie! Gutes Wort! Welcher andere Trost blieb dem alten verwitweten Vater? Sag – und für den Augenblick der Antwort sei du noch mein lebender Sohn –, was blieb mir übrig, in meinem Hinterzimmer, verfolgt vom ungetreuen Personal, alt bis in die Knochen? Und mein Sohn ging im Jubel durch die Welt, schloß Geschäfte ab, die ich vorbereitet hatte, überpurzelte sich vor Vergnügen und ging vor seinem Vater mit dem verschlossenen Gesicht eines

Ehrenmannes davon! Glaubst du, ich hätte dich nicht geliebt, ich, von dem du ausgingst?“

„Jetzt wird er sich vorbeugen,“ dachte Georg, „wenn er fiele und zerschmetterte!“ Dieses Wort durchzischte seinen Kopf.

Der Vater beugte sich vor, fiel aber nicht. Da Georg sich nicht näherte, wie er erwartet hatte, erhob er sich wieder.

“Bleib, wo du bist, ich brauche dich nicht! Du denkst, du hast noch die Kraft, hierher zu kommen und hältst dich bloß zurück, weil du so willst. Daß du dich nicht irrst! Ich bin noch immer der viel Stärkere. Allein hätte ich vielleicht zurückweichen müssen, aber so hat mir die Mutter ihre Kraft abgegeben, mit deinem Freund habe ich mich herrlich verbunden, deine Kundschaft habe ich hier in der Tasche!"

„Sogar im Hemd hat er Taschen!" sagte sich Georg und glaubte, er könne ihn mit dieser Bemerkung in der ganzen Welt unmöglich machen. Nur einen Augenblick dachte er das, denn immerfort vergaß er alles.

„Häng dich nur in deine Braut ein und komm mir entgegen! Ich fege sie dir von der Seite weg, du weißt nicht wie!"

Georg machte Grimassen, als glaube er das nicht. Der Vater nickte bloß, die Wahrheit dessen, was er sagte, beteuernd, in Georgs Ecke hin.

„Wie hast du mich doch heute unterhalten, als du kamst und fragtest, ob du deinem Freund von der Verlobung schreiben sollst. Er weiß doch alles, dummer Junge, er weiß doch alles! Ich schrieb ihm doch, weil du vergessen hast, mir das Schreibzeug wegzunehmen. Darum kommt er schon seit Jahren nicht, er weiß ja alles hundertmal besser als du selbst, deine Briefe zerknüllt er ungelesen in der linken Hand, während er in der Rechten meine Briefe zum Lesen sich vorhält!“

Seinen Arm schwang er vor Begeisterung über dem Kopf. „Er weiß alles tausendmal besser!“ rief er.

„Zehntausendmal!“ sagte Georg, um den Vater zu verlachen, aber noch in seinem Munde bekam das Wort einen toternsten Klang.

„Seit Jahren passe ich schon auf, daß du mit dieser Frage kämest! Glaubst du, mich kümmert etwas anderes? Glaubst du, ich lese Zeitungen? Da!“ und er warf Georg ein Zeitungsblatt, das irgendwie mit ins Bett getragen worden war, zu. Eine alte Zeitung, mit einem Georg schon ganz unbekannten Namen.

„Wie lange hast du gezögert, ehe du reif geworden bist! Die Mutter mußte sterben, sie konnte den Freudentag nicht erleben, der Freund geht zugrunde in seinem Rußland, schon vor drei Jahren war er gelb zum Wegwerfen, und ich, du siehst ja, wie es mit mir steht. Dafür hast du doch Augen!“

„Du hast mir also aufgelauert!“ rief Georg.

Mitleidig sagte der Vater nebenbei: „Das wolltest du wahrscheinlich früher sagen. Jetzt paßt es ja gar nicht mehr.“

Und lauter: „Jetzt weißt du also, was es noch außer dir gab, bisher wußtest du nur von dir! Ein unschuldiges Kind warst du ja eigentlich, aber noch eigentlicher warst du ein teuflischer Mensch! – Und darum wisse: Ich verurteile dich jetzt zum Tode des Ertrinkens!"

Georg fühlte sich aus dem Zimmer gejagt, den Schlag, mit dem der Vater hinter ihm aufs Bett stürzte, trug er noch in den Ohren davon. Auf der Treppe, über deren Stufen er wie über eine schiefe Fläche eilte, überrumpelte er seine Bedienerin, die im Begriffe war heraufzugehen, um die Wohnung nach der Nacht aufzuräumen. „Jesus!" rief sie und verdeckte mit der Schürze das Gesicht, aber er war schon davon. Aus dem Tor sprang er, über die Fahrbahn zum Wasser trieb es ihn. Schon hielt er das Geländer fest, wie ein Hungriger die Nahrung. Er schwang sich über, als der ausgezeichnete Turner, der er in seinen Jugendjahren zum Stolz seiner Eltern

gewesen war. Noch hielt er sich mit schwächer werdenden Händen fest, erspähte zwischen den Geländerstangen einen Autoomnibus, der mit Leichtigkeit seinen Fall übertönen würde, rief leise: „Liebe Eltern, ich habe euch doch immer geliebt“, und ließ sich hinabfallen.
In diesem Augenblick ging über die Brücke ein geradezu unendlicher Verkehr.

Ein Hungerkünstler

In den letzten Jahrzehnten ist das Interesse an Hungerkünstlern sehr zurückgegangen. Während es sich früher gut lohnte, große derartige Vorführungen in eigener Regie zu veranstalten, ist dies heute völlig unmöglich. Es waren andere Zeiten. Damals beschäftigte sich die ganze Stadt mit dem Hungerkünstler; von Hungertag zu Hungertag stieg die Teilnahme; jeder wollte den Hungerkünstler zumindest einmal täglich sehn; an den spätern Tagen gab es Abonnenten, welche tagelang vor dem kleinen Gitterkäfig saßen; auch in der Nacht fanden Besichtigungen statt, zur Erhöhung der Wirkung bei Fackelschein; an schönen Tagen wurde der Käfig ins Freie getragen, und nun waren es besonders die Kinder, denen der Hungerkünstler gezeigt wurde; während er für die Erwachsenen oft nur ein Spaß war, an dem sie der Mode halber teilnahmen, sahen die Kinder staunend, mit offenem Mund, der Sicherheit halber einander bei der Hand haltend, zu, wie er bleich, im schwarzen Trikot, mit mächtig vortretenden Rippen, sogar einen Sessel verschmähend, auf hingestreutem Stroh saß, einmal höflich nickend, angestrengt lächelnd Fragen beantwortete, auch durch das Gitter den Arm streckte, um seine Magerkeit befühlen zu lassen, dann aber wieder ganz in sich selbst versank, um niemanden sich kümmerte, nicht einmal um den für ihn so wichtigen Schlag der Uhr, die das einzige Möbelstück des Käfigs war, sondern nur vor sich hinsah mit fast geschlossenen Augen und hie und da aus einem winzigen Gläschen Wasser nippte, um sich die Lippen zu feuchten.

Außer den wechselnden Zuschauern waren auch ständige, vom Publikum gewählte Wächter da, merkwürdigerweise gewöhnlich Fleischhauer, welche, immer drei gleichzeitig, die Aufgabe hatten, Tag und Nacht den Hungerkünstler zu beobachten, damit er nicht etwa auf irgendeine heimliche Weise doch Nahrung zu sich nehme. Es war das aber lediglich eine Formalität, eingeführt zur Beruhigung der Massen, denn die Eingeweihten wußten wohl, daß der Hungerkünstler während der Hungerzeit niemals, unter keinen Umständen, selbst unter Zwang nicht, auch das Geringste nur gegessen hätte; die Ehre seiner Kunst verbot dies. Freilich, nicht jeder Wächter konnte das begreifen, es fanden sich manchmal nächtliche Wachgruppen, welche die Bewachung sehr lax durchführten, absichtlich in eine ferne Ecke sich zusammensetzten und dort sich ins Kartenspiel vertieften, in der offenbaren Absicht, dem Hungerkünstler eine kleine Erfrischung zu gönnen, die er ihrer Meinung nach aus irgendwelchen geheimen Vorräten hervorholen konnte. Nichts war dem Hungerkünstler quälender als solche Wächter; sie machten ihn trübselig; sie machten ihm das Hungern entsetzlich schwer; manchmal überwand er seine Schwäche und sang während dieser Wachzeit, solange er es nur aushielt, um den Leuten zu zeigen, wie ungerecht sie ihn verdächtigten. Doch half das wenig; sie wunderten sich dann nur über seine Geschicklichkeit, selbst während des Singens zu essen. Viel lieber waren ihm die Wächter, welche sich eng zum Gitter setzten, mit der trüben Nachtbeleuchtung des Saales sich nicht begnügten, sondern ihn mit den elektrischen Taschenlampen bestrahlten, die ihnen der Impresario zur Verfügung stellte. Das grelle Licht störte ihn gar nicht, schlafen konnte er ja überhaupt nicht und ein wenig hindämmern konnte er immer, bei jeder Beleuchtung und zu jeder Stunde, auch im übervollen, lärmenden Saal. Er war sehr gerne bereit, mit solchen Wächtern die Nacht gänzlich ohne Schlaf zu verbringen; er war bereit, mit ihnen zu scherzen, ihnen Geschichten aus seinem Wanderleben zu erzählen, dann wieder ihre Erzählungen anzuhören, alles nur um sie wachzuhalten, um ihnen immer wieder zeigen zu können, daß er nichts Eßbares im Käfig hatte und daß er hungerte, wie keiner von ihnen es könnte. Am glücklichsten aber war er, wenn dann der

Morgen kam, und ihnen auf seine Rechnung ein überreiches Frühstück gebracht wurde, auf das sie sich warfen mit dem Appetit gesunder Männer nach einer mühevoll durchwachten Nacht. Es gab zwar sogar Leute, die in diesem Frühstück eine ungebührliche Beeinflussung der Wächter sehen wollten, aber das ging doch zu weit, und wenn man sie fragte, ob etwa sie nur um der Sache willen ohne Frühstück die Nachtwache übernehmen wollten, verzogen sie sich, aber bei ihren Verdächtigungen blieben sie dennoch.

Dieses allerdings gehörte schon zu den vom Hungern überhaupt nicht zu trennenden Verdächtigungen. Niemand war ja imstande, alle die Tage und Nächte beim Hungerkünstler ununterbrochen als Wächter zu verbringen, niemand also konnte aus eigener Anschauung wissen, ob wirklich ununterbrochen, fehlerlos gehungert worden war; nur der Hungerkünstler selbst konnte das wissen, nur er also gleichzeitig der von seinem Hungern vollkommen befriedigte Zuschauer sein. Er aber war wieder aus einem andern Grunde niemals befriedigt; vielleicht war er gar nicht vom Hungern so sehr abgemagert, daß manche zu ihrem Bedauern den Vorführungen fern bleiben mußten, weil sie seinen Anblick nicht ertrugen, sondern er war nur so abgemagert aus Unzufriedenheit mit sich selbst. Er allein nämlich wußte, auch kein Eingeweihter sonst wußte das, wie leicht das Hungern war. Es war die leichteste Sache von der Welt. Er verschwieg es auch nicht, aber man glaubte ihm nicht, hielt ihn günstigstenfalls für bescheiden, meist aber für reklamesüchtig oder gar für einen Schwindler, dem das Hungern allerdings leicht war, weil er es sich leicht zu machen verstand, und der auch noch die Stirn hatte, es halb zu gestehn. Das alles mußte er hinnehmen, hatte sich auch im Laufe der Jahre daran gewöhnt, aber innerlich nagte diese Unbefriedigtheit immer an ihm, und noch niemals, nach keiner Hungerperiode – dieses Zeugnis mußte man ihm ausstellen – hatte er freiwillig den Käfig verlassen. Als Höchstzeit für das Hungern hatte der Impresario vierzig Tage festgesetzt, darüber hinaus ließ er niemals hungern, auch in den Weltstädten nicht, und zwar aus gutem Grund. Vierzig Tage etwa konnte man erfahrungsgemäß durch allmählich sich steigernde Reklame das Interesse einer

Stadt immer mehr aufstacheln, dann aber versagte das Publikum, eine wesentliche Abnahme des Zuspruches war festzustellen; es bestanden natürlich in dieser Hinsicht kleine Unterschiede zwischen den Städten und Ländern, als Regel aber galt, daß vierzig Tage die Höchstzeit war. Dann also am vierzigsten Tage wurde die Tür des mit Blumen umkränzten Käfigs geöffnet, eine begeisterte Zuschauerschaft erfüllte das Amphitheater, eine Militärkapelle spielte, zwei Ärzte betraten den Käfig, um die nötigen Messungen am Hungerkünstler vorzunehmen, durch ein Megaphon wurden die Resultate dem Saale verkündet, und schließlich kamen zwei junge Damen, glücklich darüber, daß gerade sie ausgelost worden waren, und wollten den Hungerkünstler aus dem Käfig ein paar Stufen hinabführen, wo auf einem kleinen Tischchen eine sorgfältig ausgewählte Krankenmahlzeit serviert war. Und in diesem Augenblick wehrte sich der Hungerkünstler immer. Zwar legte er noch freiwillig seine Knochenarme in die hilfsbereit ausgestreckten Hände der zu ihm hinabgebeugten Damen, aber aufstehen wollte er nicht. Warum jetzt gerade nach vierzig Tagen aufhören? Er hätte es noch lange, unbeschränkt lange ausgehalten; warum gerade jetzt aufhören, wo er im besten, ja noch nicht einmal im besten Hungern war? Warum wollte man ihn des Ruhmes berauben, weiter zu hungern, nicht nur der größte Hungerkünstler aller Zeiten zu werden, der er ja wahrscheinlich schon war, aber auch noch sich selbst zu übertreffen bis ins Unbegreifliche, denn für seine Fähigkeit zu hungern fühlte er keine Grenzen. Warum hatte diese Menge, die ihn so sehr zu bewundern vorgab, so wenig Geduld mit ihm; wenn er es aushielt, noch weiter zu hungern, warum wollte sie es nicht aushalten? Auch war er müde, saß gut im Stroh und sollte sich nun hoch und lang aufrichten und zu dem Essen gehn, das ihm schon allein in der Vorstellung Übelkeiten verursachte, deren Äußerung er nur mit Rücksicht auf die Damen mühselig unterdrückte. Und er blickte empor in die Augen der scheinbar so freundlichen, in Wirklichkeit so grausamen Damen und schüttelte den auf dem schwachen Halse überschweren Kopf. Aber dann geschah, was immer geschah. Der Impresario kam, hob stumm – die Musik machte das

Reden unmöglich – die Arme über dem Hungerkünstler, so als lade er den Himmel ein, sich sein Werk hier auf dem Stroh einmal anzusehn, diesen bedauernswerten Märtyrer, welcher der Hungerkünstler allerdings war, nur in ganz anderem Sinn; faßte den Hungerkünstler um die dünne Taille, wobei er durch übertriebene Vorsicht glaubhaft machen wollte, mit einem wie gebrechlichen Ding er es hier zu tun habe; und übergab ihn – nicht ohne ihn im geheimen ein wenig zu schütteln, so daß der Hungerkünstler mit den Beinen und dem Oberkörper unbeherrscht hin und her schwankte – den inzwischen totenbleich gewordenen Damen. Nun duldete der Hungerkünstler alles; der Kopf lag auf der Brust, es war, als sei er hingerollt und halte sich dort unerklärlich; der Leib war ausgehöhlt; die Beine drückten sich im Selbsterhaltungstrieb fest in den Knien aneinander, scharrten aber doch den Boden, so als sei es nicht der wirkliche, den wirklichen suchten sie erst; und die ganze, allerdings sehr kleine Last des Körpers lag auf einer der Damen, welche hilfesuchend, mit fliegendem Atem – so hatte sie sich dieses Ehrenamt nicht vorgestellt – zuerst den Hals möglichst streckte, um wenigstens das Gesicht vor der Berührung mit dem Hungerkünstler zu bewahren, dann aber, da ihr dies nicht gelang und ihre glücklichere Gefährtin ihr nicht zu Hilfe kam, sondern sich damit begnügte, zitternd die Hand des Hungerkünstlers, dieses kleine Knochenbündel, vor sich herzutragen, unter dem entzückten Gelächter des

Saales in Weinen ausbrach und von einem längst bereitgestellten Diener abgelöst werden mußte. Dann kam das Essen, von dem der Impresario dem Hungerkünstler während eines ohnmachtähnlichen Halbschlafes ein wenig einflößte, unter lustigem Plaudern, das die Aufmerksamkeit vom Zustand des Hungerkünstlers ablenken sollte; dann wurde noch ein Trinkspruch auf das Publikum ausgebracht, welcher dem Impresario angeblich vom Hungerkünstler zugeflüstert worden war; das Orchester bekräftigte alles durch einen großen Tusch; man ging auseinander und niemand hatte das Recht, mit dem Gesehenen unzufrieden zu sein, niemand, nur der Hungerkünstler, immer nur er.

So lebte er mit regelmäßigen kleinen Ruhepausen viele Jahre, in scheinbarem Glanz, von der Welt geehrt, bei alledem aber meist in trüber Laune, die immer noch trüber wurde dadurch, daß niemand sie ernst zu nehmen verstand. Womit sollte man ihn auch trösten? Was blieb ihm zu wünschen übrig? Und wenn sich einmal ein Gutmütiger fand, der ihn bedauerte und ihm erklären wollte, daß seine Traurigkeit wahrscheinlich von dem Hungern käme, konnte es, besonders bei vorgeschrittener Hungerzeit, geschehn, daß der Hungerkünstler mit einem Wutausbruch antwortete und zum Schrecken aller wie ein Tier an dem Gitter zu rütteln begann. Doch hatte für solche Zustände der Impresario ein

Strafmittel, das er gern anwandte. Er entschuldigte den Hungerkünstler vor versammeltem Publikum, gab zu, daß nur die durch das Hungern hervorgerufene, für satte Menschen nicht ohne weiteres begreifliche Reizbarkeit das Benehmen des Hungerkünstlers verzeihlich machen könne; kam dann im Zusammenhang damit auch auf die ebenso zu erklärende Behauptung des Hungerkünstlers zu sprechen, er könnte noch viel länger hungern, als er hungere; lobte das hohe Streben, den guten Willen, die große Selbstverleugnung, die gewiß auch in dieser Behauptung enthalten seien; suchte dann aber die Behauptung einfach genug durch Vorzeigen von Photographien, die gleichzeitig verkauft wurden, zu widerlegen, denn auf den Bildern sah man den Hungerkünstler an einem vierzigsten Hungertag, im Bett, fast verlöscht vor Entkräftung. Diese dem Hungerkünstler zwar wohlbekannte, immer aber von neuem ihn entnervende Verdrehung der Wahrheit war ihm zuviel. Was die Folge der vorzeitigen Beendigung des Hungerns war, stellte man hier als die Ursache dar! Gegen diesen Unverstand, gegen diese Welt des Unverstandes zu kämpfen, war unmöglich. Noch hatte er immer wieder in gutem Glauben begierig am Gitter dem Impresario zugehört, beim Erscheinen der Photographien aber ließ er das Gitter jedesmal los, sank mit Seufzen ins Stroh zurück, und das beruhigte

Publikum konnte wieder herankommen und ihn besichtigen.

Wenn die Zeugen solcher Szenen ein paar Jahre später daran zurückdachten, wurden sie sich oft selbst unverständlich. Denn inzwischen war jener erwähnte Umschwung eingetreten; fast plötzlich war das geschehen; es mochte tiefere Gründe haben, aber wem lag daran, sie aufzufinden; jedenfalls sah sich eines Tages der verwöhnte Hungerkünstler von der vergnügungssüchtigen Menge verlassen, die lieber zu anderen Schaustellungen strömte. Noch einmal jagte der Impresario mit ihm durch halb Europa, um zu sehn, ob sich nicht noch hie und da das alte Interesse wiederfände; alles vergeblich; wie in einem geheimen Einverständnis hatte sich überall geradezu eine Abneigung gegen das Schauhungern ausgebildet. Natürlich hatte das in Wirklichkeit nicht plötzlich so kommen können, und man erinnerte sich jetzt nachträglich an manche zu ihrer Zeit im Rausch der Erfolge nicht genügend beachtete, nicht genügend unterdrückte Vorboten, aber jetzt etwas dagegen zu unternehmen, war zu spät. Zwar war es sicher, daß einmal auch für das Hungern wieder die Zeit kommen werde, aber für die Lebenden war das kein Trost. Was sollte nun der Hungerkünstler tun? Der, welchen Tausende umjubelt hatten, konnte sich nicht in Schaubuden auf kleinen Jahrmärkten zeigen, und um einen andern Beruf zu ergreifen, war der Hungerkünstler nicht nur zu alt, sondern vor allem dem Hungern allzu fanatisch ergeben. So verabschiedete er denn den

Impresario, den Genossen einer Laufbahn ohnegleichen, und ließ sich von einem großen Zirkus schnell engagieren; um seine Empfindlichkeit zu schonen, sah er die Vertragsbedingungen gar nicht an.
Ein großer Zirkus mit seiner Unzahl von einander immer wieder ausgleichenden und ergänzenden Menschen und Tieren und Apparaten kann jeden und zu jeder Zeit gebrauchen, auch einen Hungerkünstler, bei entsprechend bescheidenen Ansprüchen natürlich, und außerdem war es ja in diesem besonderen Fall nicht nur der Hungerkünstler selbst, der engagiert wurde, sondern auch sein alter berühmter Name, ja man konnte bei der Eigenart dieser im zunehmenden Alter nicht abnehmenden Kunst nicht einmal

sagen, daß ein ausgedienter, nicht mehr auf der Höhe seines Könnens stehender Künstler sich in einen ruhigen Zirkusposten flüchten wolle, im Gegenteil, der Hungerkünstler versicherte, daß er, was durchaus glaubwürdig war, eben so gut hungere wie früher, ja er behauptete sogar, er werde, wenn man ihm seinen Willen lasse, und dies versprach man ihm ohne weiteres, eigentlich erst jetzt die Welt in berechtigtes Erstaunen setzen, eine Behauptung allerdings, die mit Rücksicht auf die Zeitstimmung, welche der Hungerkünstler im Eifer leicht vergaß bei den Fachleuten nur ein Lächeln hervorrief.

Im Grunde aber verlor auch der Hungerkünstler den Blick für die wirklichen Verhältnisse nicht und nahm es als selbstverständlich hin, daß man ihn mit seinem Käfig nicht etwa als Glanznummer mitten in die Manege stellte, sondern draußen an einem im übrigen recht gut zugänglichen Ort in der Nähe der Stallungen unterbrachte. Große, bunt gemalte Aufschriften umrahmten den Käfig und verkündeten, was dort zu sehen war. Wenn das Publikum in den Pausen der Vorstellung zu den Ställen drängte, um die Tiere zu besichtigen, war es fast unvermeidlich, daß es beim Hungerkünstler vorüberkam und ein wenig dort haltmachte, man wäre vielleicht länger bei ihm geblieben, wenn nicht in dem schmalen Gang die Nachdrängenden, welche diesen Aufenthalt auf dem Weg zu den ersehnten Ställen nicht verstanden, eine längere ruhige Betrachtung unmöglich gemacht hätten. Dieses war auch der Grund, warum der Hungerkünstler vor diesen Besuchszeiten, die er als seinen Lebenszweck natürlich herbeiwünschte, doch auch wieder zitterte. In der ersten Zeit hatte er die Vorstellungspausen kaum erwarten können; entzückt hatte er der sich heranwälzenden Menge entgegengesehn, bis er sich nur zu bald – auch die hartnäckigste, fast bewußte Selbsttäuschung hielt den Erfahrungen nicht stand – davon überzeugte, daß es zumeist der Absicht nach, immer wieder, ausnahmslos, lauter Stallbesucher waren. Und dieser Anblick von der Ferne blieb noch immer der schönste. Denn wenn sie bis zu ihm herangekommen waren, umtobte ihn sofort Geschrei und Schimpfen der ununterbrochen neu sich bildenden Parteien, jener, welche – sie wurde dem Hungerkünstler bald die peinlichere – ihn bequem ansehen wollte, nicht etwa aus Verständnis, sondern aus Laune und Trotz, und jener zweiten, die zunächst nur nach den Ställen verlangte. War der große Haufe vorüber, dann kamen die Nachzügler, und diese allerdings, denen es nicht mehr verwehrt war, stehen zu bleiben, solange sie nur Lust hatten, eilten mit langen Schritten, fast ohne Seitenblick, vorüber, um rechtzeitig zu den Tieren zu kommen. Und es war kein allzu häufiger Glücksfall, daß ein Familienvater mit seinen Kindern kam, mit dem Finger auf den Hungerkünstler zeigte, ausführlich erklärte, um was es sich hier handelte, von früheren Jahren erzählte, wo er bei ähnlichen, aber unvergleichlich großartigeren Vorführungen gewesen war, und dann die Kinder, wegen ihrer ungenügenden Vorbereitung von Schule und Leben her, zwar immer noch verständnislos blieben – was war ihnen Hungern? – aber doch in dem Glanz ihrer forschenden Augen etwas von neuen, kommenden, gnädigeren Zeiten verrieten. Vielleicht, so sagte sich der Hungerkünstler dann manchmal, würde alles doch ein wenig besser werden, wenn sein Standort nicht gar so nahe bei den Ställen wäre. Den Leuten wurde dadurch die Wahl zu leicht gemacht, nicht zu reden davon, daß ihn die Ausdünstungen der Ställe, die Unruhe der Tiere in der Nacht, das Vorübertragen der rohen Fleischstücke für die Raubtiere, die Schreie bei der Fütterung sehr verletzten und dauernd bedrückten. Aber bei der Direktion vorstellig zu werden, wagte er nicht; immerhin verdankte er ja den Tieren die Menge der Besucher, unter denen sich hie und da auch ein für ihn Bestimmter finden konnte, und wer wußte, wohin man ihn verstecken würde, wenn er an seine Existenz erinnern wollte und damit auch daran, daß er, genau genommen, nur ein Hindernis auf dem Weg zu den Ställen war.

Ein kleines Hindernis allerdings, ein immer kleiner werdendes Hindernis. Man gewöhnte sich an die Sonderbarkeit, in den heutigen Zeiten Aufmerksamkeit für einen Hungerkünstler beanspruchen zu wollen, und mit dieser Gewöhnung war das Urteil über ihn gesprochen. Er mochte so gut hungern, als er nur konnte, und er tat es, aber nichts konnte ihn mehr retten, man ging an ihm vorüber. Versuche, jemandem die

Hungerkunst zu erklären! Wer es nicht fühlt, dem kann man es nicht begreiflich machen. Die schönen Aufschriften wurden schmutzig und unleserlich, man riß sie herunter, niemandem fiel es ein, sie zu ersetzen; das Täfelchen mit der Ziffer der abgeleisteten Hungertage, das in der ersten Zeit sorgfältig täglich erneut worden war, blieb schon längst immer das gleiche, denn nach den ersten Wochen war das Personal selbst dieser kleinen Arbeit überdrüssig geworden; und so hungerte zwar der Hungerkünstler weiter, wie er es früher einmal erträumt hatte, und es gelang ihm ohne Mühe ganz so, wie er es damals vorausgesagt hatte, aber niemand zählte die Tage, niemand, nicht einmal der Hungerkünstler selbst wußte, wie groß die Leistung schon war, und sein Herz wurde schwer. Und wenn einmal in der Zeit ein Müßiggänger stehen blieb, sich über die alte Ziffer lustig machte und von Schwindel sprach, so war das in diesem Sinn die dümmste Lüge, welche Gleichgültigkeit und eingeborene Bösartigkeit erfinden konnte, denn nicht der Hungerkünstler betrog, er arbeitete ehrlich, aber die Welt betrog ihn um seinen Lohn.

Doch vergingen wieder viele Tage, und auch das nahm ein Ende. Einmal fiel einem Aufseher der Käfig auf, und er fragte die Diener, warum man hier diesen gut brauchbaren Käfig mit dem verfaulten Stroh drinnen unbenützt stehen lasse; niemand wußte es, bis sich einer mit Hilfe der Ziffertafel an den Hungerkünstler erinnerte. Man rührte mit Stangen das Stroh auf und fand den Hungerkünstler darin. „Du hungerst noch immer?“ fragte der Aufseher, „wann wirst du denn endlich aufhören?“ „Verzeiht mir alle“, flüsterte der Hungerkünstler; nur der Aufseher, der das Ohr ans Gitter hielt, verstand ihn. „Gewiß,“ sagte der Aufseher und legte den Finger an die Stirn, um damit den Zustand des Hungerkünstlers dem Personal anzudeuten, „wir verzeihen dir.“ „Immerfort wollte ich, daß ihr mein Hungern bewundert“, sagte der Hungerkünstler. „Wir bewundern es auch“, sagte der Aufseher entgegenkommend. „Ihr sollt es aber nicht bewundern“, sagte der Hungerkünstler. „Nun, dann bewundern wir es also nicht,“ sagte der Aufseher, „warum sollen wir es denn nicht bewundern?“ „Weil ich hungern muß, ich kann nicht anders“, sagte der Hungerkünstler. „Da sieh mal einer,“ sagte der Aufseher, „warum kannst du denn nicht anders?“ „Weil ich,“ sagte der Hungerkünstler, hob das Köpfchen ein wenig und sprach mit wie zum Kuß gespitzten Lippen gerade in das Ohr des Aufsehers hinein, damit nichts verloren ginge, „weil ich nicht die Speise finden konnte, die mir schmeckt. Hätte ich sie gefunden, glaube mir, ich hätte kein Aufsehen gemacht und mich vollgegessen wie du und alle.“ Das waren die letzten Worte, aber noch in seinen gebrochenen Augen war die feste, wenn auch nicht mehr stolze Überzeugung, daß er weiterhungre.

„Nun macht aber Ordnung!“, sagte der Aufseher, und man begrub den

Hungerkünstler samt dem Stroh. In den Käfig aber gab man einen jungen Panther. Es war eine selbst dem stumpfsten Sinn fühlbare Erholung, in dem so lange öden Käfig dieses wilde Tier sich herumwerfen zu sehn. Ihm fehlte nichts. Die Nahrung, die ihm schmeckte, brachten ihm ohne langes Nachdenken die Wächter; nicht einmal die Freiheit schien er zu vermissen; dieser edle, mit allem Nötigen bis knapp zum Zerreißen ausgestattete Körper schien auch die Freiheit mit sich herumzutragen; irgendwo im Gebiß schien sie zu stecken; und die Freude am Leben kam mit derart starker Glut aus seinem Rachen, daß es für die Zuschauer nicht leicht war, ihr standzuhalten. Aber sie überwanden sich, umdrängten den Käfig und wollten sich gar nicht fortrühren.

Der Gruftwächter

Kleines Arbeitszimmer, hohes Fenster, davor ein kahler Baumwipfel. Fürst (am Schreibtisch, im Stuhl zurückgelehnt, aus dem Fenster blickend), Kammerherr (weißer Vollbart, jugendlich in ein enges Jackett gezwängt, an der Wand neben der Mitteltür).

Pause.

Fürst *sich vom Fenster abwendend:* Nun?

Kammerherr: Ich kann es nicht empfehlen, Hoheit.

Fürst: Warum?

Kammerherr: Ich kann im Augenblick meine Bedenken nicht genau formulieren. Es ist bei weitem nicht alles, was ich sagen will, wenn ich jetzt nur den allgemein menschlichen Spruch anführe: Man soll die Toten ruhen lassen.

Fürst: Das ist auch meine Ansicht.

Kammerherr: Dann habe ich es nicht richtig verstanden.

Fürst: So scheint es.

Pause.

Fürst: Das Einzige, was Sie in der Sache beirrt, ist vielleicht nur die Sonderbarkeit, daß ich die Anordnung nicht ohne weiters getroffen, sondern vorher Ihnen angekündigt habe.

Kammerherr: Die Ankündigung legt mir allerdings eine größere Verantwortung auf, der zu entsprechen ich mich bemühen muß.

Fürst: Nichts von Verantwortung!

Pause.

Fürst: Also nochmals. Bisher wurde die Gruft im Friedrichspark von einem Wächter bewacht, der am Eingang des Parkes ein Häuschen hat, in dem er wohnt. War an diesem Ganzen etwas auszusetzen?

Kammerherr: Gewiß nicht. Die Gruft ist über vierhundert Jahre alt und so lange wird sie auch in dieser Weise bewacht.

Fürst: Es könnte ein Mißbrauch sein. Es ist aber kein Mißbrauch?

Kammerherr: Es ist eine notwendige Einrichtung.

Fürst: Also eine notwendige Einrichtung. Nun bin ich so lange hier auf dem Landschloß, bekomme Einblick in Einzelheiten, die bisher Fremden anvertraut waren – sie bewähren sich schlecht und recht –, und habe gefunden:

Der Wächter oben im Park genügt nicht, es muß vielmehr auch ein Wächter unten in der Gruft wachen. Es wird vielleicht kein angenehmes Amt sein. Aber erfahrungsgemäß finden sich für jeden Posten bereitwillige und geeignete Leute.

Kammerherr: Natürlich wird alles, was Hoheit anordnen, ausgeführt werden, auch wenn die Notwendigkeit der Anordnung nicht begriffen wird.

Fürst *auffahrend*: Notwendigkeit! Ist denn die Wache am Parktor notwendig? Der Friedrichspark ist ein Teil des Schloßparkes, ist von ihm ganz umfaßt, der Schloßpark selbst ist reichlich, sogar militärisch bewacht. Wozu also die besondere Bewachung des Friedrichsparks? Ist sie nicht eine bloße Formalität? Ein freundliches Sterbelager für den armseligen Greis, der dort die Wache besorgt?

Kammerherr: Es ist eine Formalität, aber eine notwendige. Bezeugung der Ehrfurcht vor den großen Toten.

Fürst: Und eine Wache in der Gruft selbst?

Kammerherr: Sie hätte meiner Meinung nach einen polizeilichen Nebensinn, sie wäre wirkliche Bewachung unwirklicher, dem Menschlichen entrückter Dinge.

Fürst: Diese Gruft ist in meiner Familie die Grenze zwischen dem Menschlichen und dem Anderen, und an diese Grenze will ich eine Wache stellen. Über die, wie Sie sich ausdrücken, polizeiliche Notwendigkeit dessen, können wir den Wächter selbst verhören. Ich habe ihn kommen lassen. *Läutet.*

Kammerherr: Es ist, wenn ich mir die Bemerkung erlauben darf, ein verwirrter Greis, schon außer Rand und Band.

Fürst: Ist es so, dann wäre dies nur ein weiterer Beweis für die Notwendigkeit einer Verstärkung der Wache in meinem Sinn.

Diener.

Fürst: Der Gruftwächter!

Der Diener führt den Wächter herein, hält ihn unter dem Arm fest, sonst würde er zusammenstürzen. Alte, rote, weit ihn umschlotternde Festlivree, blankgeputzte Silberknöpfe, verschiedene Ehrenzeichen. Kappe in der Hand. Unter den Blicken der Herren zittert er.

Fürst: Auf das Ruhebett!

Diener legt ihn hin und geht. Pause. Nur leises Röcheln des Wächters.

Fürst *wieder im Lehnstuhl:* Hörst du?

Wächter *bemüht sich zu antworten, kann aber nicht, ist zu erschöpft, sinkt wieder zurück.*

Fürst: Suche dich zu fassen. Wir warten.

Kammerherr *zum Fürsten gebeugt:* Worüber könnte dieser Mann Auskunft geben, und gar glaubwürdige oder wichtige Auskunft. Man sollte ihn eiligst ins Bett bringen.

Wächter: Nicht ins Bett – bin noch kräftig – verhältnismäßig – stelle noch meinen Mann.

Fürst: Es sollte so sein. Du bist ja erst sechzig Jahre alt. Allerdings siehst du sehr schwach aus.

Wächter: Werde mich gleich erholt haben – gleich erholt.

Fürst: Es war kein Vorwurf. Ich bedauere nur, daß es dir so schlecht geht. Hast du über etwas zu klagen?

Wächter: Schwerer Dienst – schwerer Dienst – klage nicht – aber entkräftet sehr – Ringkämpfe jede Nacht.

Fürst: Was sagst du?

Wächter: Schwerer Dienst.

Fürst: Du sagtest noch etwas.

Wächter: Ringkämpfe.

Fürst: Ringkämpfe? Was für Ringkämpfe denn?

Wächter: Mit den seligen Vorfahren.

Fürst: Das verstehe ich nicht. Hast du schwere Träume?

Wächter: Keine Träume – schlafe ja keine Nacht.

Fürst: Dann erzähle also von diesen – diesen Ringkämpfen.

Wächter *schweigt.*

Fürst *zum Kammerherrn:* Warum schweigt er?

Kammerherr *eilt zum Wächter:* Es kann ja jeden Augenblick mit ihm zu Ende sein.

Fürst *steht beim Tisch.*

Wächter *als ihn der Kammerherr berührt:* Weg, weg weg! *Kämpft mit den Fingern des Kammerherrn, wirft sich dann weinend hin.*

Fürst: Wir quälen ihn.

Kammerherr: Womit?

Fürst: Ich weiß nicht.

Kammerherr: Der Weg ins Schloß, die Vorführung, der Anblick Eurer Hoheit, die Fragestellung – dem allen hat er nicht mehr genug Verstand entgegen zu setzen.

Fürst *sieht immerfort nach dem Wächter hin:* Das ist es nicht. *Geht zum Ruhebett, beugt sich zum Wächter, nimmt dessen kleinen Schädel zwischen die Hände.* Mußt nicht weinen. Warum weinst du denn? Wir sind dir wohlgesinnt. Ich selbst halte dein Amt nicht für leicht. Gewiß hast du dir Verdienste um mein Haus erworben. Also weine nicht mehr und erzähle.

Wächter: Wenn ich mich aber vor dem Herrn dort so fürchte – *sieht den Kammerherrn drohend, nicht furchtsam an.*

Fürst *zum Kammerherrn*: Sie müssen fortgehn, wenn er erzählen soll.

Kammerherr: Sehen Sie doch, Hoheit, er hat Schaum vor dem Mund, ist schwerkrank.

Fürst *zerstreut:* ja, gehen Sie, es dauert nicht lange.

Kammerherr geht.

Fürst *Setzt sich auf den Rand des Ruhebettes.*

Pause.

Fürst: Warum hast du dich vor ihm gefürchtet.

Wächter *auffallend gesammelt:* Ich habe mich nicht gefürchtet. Vor einem Diener mich fürchten?

Fürst: Er ist kein Diener. Er ist ein Graf, frei und reich.

Wächter: Doch nur ein Diener, du bist der Herr.

Fürst: Wenn du es so willst. Du selbst sagtest aber, daß du dich fürchtest.

Wächter: Ich habe Dinge vor ihm zu erzählen, die nur du erfahren sollst. Habe ich nicht schon zu viel vor ihm gesagt?

Fürst: Wir sind also Vertraute und ich habe dich doch heute zum ersten Mal gesehn.

Wächter: Gesehn zum ersten Mal, aber seit jeher weißt du, daß ich das *gehobener Zeigefinger* wichtigste Hofamt habe. Du hast es ja auch öffentlich anerkannt, indem du mir die Medaille >Feuerrot< verliehen hast. Hier! *Hebt die Medaille vom Rock.*

Fürst: Nein, das ist eine Medaille für fünfundzwanzigjährige Hofdienste. Die hat dir noch mein Großvater gegeben. Doch werde auch ich dich auszeichnen.

Wächter: Tue, wie es dir gefällt und der Bedeutung meiner Dienste entspricht. Dreißig Jahre diene ich dir als Gruftwächter.

Fürst: Nicht mir, meine Regierung dauert kaum ein Jahr.

Wächter *in Gedanken:* Dreißig Jahre.

Pause.

Wächter *sich halb zu der Bemerkung des Fürsten zurückfindend:* Nächte dauern dort Jahre.

Fürst: Aus deinem Amt kam mir noch kein Bericht. Wie ist der Dienst?

Wächter: Gleichförmig jede Nacht. Jede Nacht nahe bis zum Platzen der Halsadern.

Fürst: Ist es denn nur Nachtdienst? Nachtdienst für dich Alten?

Wächter: Das ist es eben, Hoheit. Es ist Tagdienst. Ein Faulenzerposten. Man sitzt vor der Haustür und hält im Sonnenschein den Mund offen. Manchmal tappt dir der Wächterhund mit den Vorderpfoten aufs Knie und legt sich wieder. Das ist die ganze Abwechslung.

Fürst: Also.

Wächter *nickend:* Aber er ist in Nachtdienst umgewandelt worden.

Fürst: Von wem denn?

Wächter: Von den Gruftherren.

Fürst: Du kennst sie?

Wächter: Ja.

Fürst: Sie kommen zu dir?

Wächter: Ja.

Fürst: Auch in der letzten Nacht?

Wächter: Auch.

Fürst: Wie war es?

Wächter *setzt sich aufrecht:* Wie immer.

Fürst *steht auf.*

Wächter: Wie immer. Bis Mitternacht ist Ruhe. Ich liege – verzeihe mir – im Bett und rauche die Pfeife. Im Bett nebenan schläft mein Tochterkind. Um Mitternacht klopft es das erste Mal ans Fenster. Ich sehe nach der Uhr. Immer pünktlich. Noch zweimal klopft es, es mischt sich mit den Uhrenschlägen vom Turm und ist nicht schwächer. Das sind nicht menschliche Fingerknöchel. Aber ich kenne das alles und rühre mich nicht. Dann räuspert es sich draußen, es wundert sich, daß ich trotz solchen Klopfens das Fenster nicht öffne. Möge sich die fürstliche Hoheit wundern! Noch immer ist der alte Wächter da! *Zeigt die Faust.*

Fürst: Du drohst mir?

Wächter *versteht nicht gleich:* Nicht dir. Dem vor dem Fenster!

Fürst Wer ist es?

Wächter: Er zeigt sich gleich. Mit einem Schlage öffnen sich Fenster und Fensterladen. Knapp habe ich noch Zeit, meinem Tochterkind die Decke über das Gesicht zu werfen. Sturm bläst herein, verlöscht das Licht im Nu. Herzog Friedrich! Sein Gesicht mit Bart und Haar erfüllt mein armes Fenster ganz und gar. Wie hat er sich entwickelt in den Jahrhunderten. Wenn er den Mund zum

Reden öffnet, weht ihm der Wind den alten Bart zwischen die Zähne und er beißt in ihn.

Fürst: Warte, du sagst Herzog Friedrich. Welcher Friedrich?

Wächter: Herzog Friedrich, nur Herzog Friedrich.

Fürst: Er nennt so seinen Namen?

Wächter *ängstlich:* Nein, er nennt ihn nicht.

Fürst: Und trotzdem weißt du – *abbrechend.* Erzähle doch weiter!

Wächter: Soll ich weiter erzählen?

Fürst: Natürlich. Das geht mich ja sehr an, es ist hier ein Fehler in der Arbeitsverteilung. Du warst überlastet.

Wächter *niederkniend:* Nicht mir meinen Posten nehmen, Hoheit. Wenn ich so lange für dich gelebt habe, laß mich jetzt auch für dich sterben! Laß nicht vor mir das Grab vermauern, zu dem ich strebe. Ich diene gern und habe noch Fähigkeit zu dienen. Eine Audienz wie die heutige, ein Ausruhn beim Herrn, gibt mir Kraft für zehn Jahre.

Fürst *setzt ihn wieder auf das Ruhebett:* Niemand nimmt dir deinen Posten. Wie könnte ich dort deine Erfahrung entbehren! Ich werde aber noch einen Wächter bestimmen und du wirst Oberwächter werden.

Wächter: Genüge ich nicht? Habe ich jemals einen durchgelassen?

Fürst: In den Friedrichspark?

Wächter: Nein, aus dem Park. Wer will denn hinein? Bleibt einmal einer vor dem Gitter stehen, winke ich mit der Hand aus dem Fenster und er läuft davon. Aber hinaus, hinaus wollen alle. Nach Mitternacht kannst du alle Grabesstimmen um mein Haus versammelt sehn. Ich glaube, nur weil sie sich so aneinanderdrängen, fahren sie nicht sämtlich mit allem, was sie sind, mir durch das enge Fensterloch herein. Wird es allerdings zu arg, hole ich die Laterne unter dem Bett heraus, schwenke sie hoch und sie reißen sich, unverständliche Wesen, mit Lachen und Jammern auseinander; noch im letzten Busch am Ende des Parkes höre ich sie dann rauschen. Aber bald sammeln sie sich wieder.

Fürst: Und sie sagen ihre Bitte?

Wächter: Zuerst befehlen sie. Herzog Friedrich vor allen. So zuversichtlich sind keine Lebendigen. Seit dreißig Jahren, jede Nacht erwartet er, mich diesmal mürbe zu finden.

Fürst: Wenn er seit dreißig Jahren kommt, kann es nicht Herzog Friedrich sein, der erst vor fünfzehn Jahren gestorben ist. Er ist aber der einzige dieses Namens in der Gruft.

Wächter *zu sehr von dem Erzählten erfaßt:* Das weiß ich nicht, Hoheit, ich habe nicht studiert. Ich weiß nur, wie er beginnt. „Alter Hund", beginnt er beim Fenster, „die Herren klopfen und du bleibst in deinem Schmutzbett." Gegen Betten haben sie nämlich immer Zorn. Und nun sprechen wir jede Nacht fast dasselbe. Er draußen, ich ihm gegenüber mit dem Rücken an der Tür. Ich sage: „Ich habe nur Tagdienst." Der Herr wendet sich und ruft in den Park: „Er hat nur Tagdienst." Daraufhin gibt es ein allgemeines Lachen des versammelten Adels. Dann sagt der Herzog wieder zu mir: „Es ist doch Tag." Ich darauf kurz: „Sie irren." Der Herzog: „Tag oder Nacht, öffne das Tor." Ich: „Das ist gegen meine Dienstordnung." Und ich zeige mit dem Pfeifenstock auf ein Blatt an der Wand. Der Herzog: „Du bist doch unser Wächter." Ich: „Euer Wächter, aber von dem regierenden Fürsten angestellt." Er: „Unser Wächter, das ist die Hauptsache. Also öffne, und zwar sofort." Ich: „Nein." Er: „Narr, du verlierst deinen Posten. Herzog Leo hat uns für heute eingeladen."

Fürst *schnell:* Ich?

Wächter: Du.

Pause.

Wächter: Wenn ich deinen Namen höre, verliere ich meine Festigkeit. Deshalb habe ich mich gleich aus Vorsicht an die Tür gelehnt, die mich jetzt fast allein aufrecht hält. Draußen singen alle deinen Namen. „Wo ist die Einladung?“ frage ich schwach. „Bettvieh“, schreit er, „du zweifelst an meinem herzoglichen Wort?“ Ich sage: „Ich habe keine Weisung und deshalb öffne ich nicht, öffne ich nicht, öffne ich nicht.“ „Er öffnet nicht“, ruft der Herzog draußen, „also vorwärts, alle, die ganze Dynastie, gegen das Tor, wir öffnen selbst.“ Und im Augenblick ist es vor meinem Fenster leer.

Pause.

Fürst: Das ist alles?

Wächter: Wie denn? Jetzt erst kommt mein eigentlicher Dienst. Hinaus aus der Tür, herum um das Haus, und schon pralle ich mit dem Herzog zusammen und schon schaukeln wir im Kampf. Er so groß, ich so klein, er so breit, ich so schmal, ich kämpfe nur mit seinen Füßen, aber manchmal hebt er mich und dann kämpfe ich auch oben. Um uns sind alle seine Genossen im Kreis und verlachen mich. Einer, zum Beispiel, schneidet hinten meine Hose auf und nun spielen alle mit meinem Hemdzipfel, während ich kämpfe. Unbegreiflich, warum sie lachen, da ich doch bisher immer gewonnen habe.

Fürst: Wie ist es aber möglich, daß du gewinnst? Hast du Waffen?

Wächter: Nur in den ersten Jahren nahm ich Waffen mit. Was könnten sie mir ihm gegenüber helfen, sie beschwerten mich nur. Wir kämpfen nur mit den Fäusten, oder eigentlich nur mit der Atemkraft. Und immer bist du in meinen Gedanken.

Pause.

Wächter: Aber niemals zweifle ich an meinem Sieg. Nur manchmal fürchte ich, daß der Herzog mich zwischen seinen Fingern verlieren könnte und er nicht mehr wissen wird, daß er kämpft.

Fürst: Und wann hast du gesiegt?

Wächter: Wenn es Morgen wird. Dann wirft er mich hin und speit mir nach, das ist sein Bekenntnis der Niederlage. Ich aber muß noch eine Stunde liegen, ehe ich den richtigen Atem erschnappe.

Pause.

Fürst *steht auf.* Aber sag, weißt du nicht, was sie alle eigentlich wollen?

Wächter: Aus dem Park hinaus.

Fürst: Warum aber?

Wächter: Das weiß ich nicht.

Fürst: Hast du sie nicht gefragt?

Wächter: Nein.

Fürst: Warum?

Wächter: Ich habe Scheu davor. Wenn du es aber willst, werde ich sie heute fragen.

Fürst *erschrickt, laut:* Heute!

Wächter *sachverständig:* Ja, heute.

Fürst: Und du ahnst auch nicht, was sie wollen?

Wächter *nachdenklich:* Nein.

Pause.

Wächter: Manchmal, vielleicht sollte ich das noch sagen, kommt früh, während ich so ohne Atem liege, ich bin dann auch zu schwach, um die Augen zu öffnen, ein zartes, feucht und haarig anzufühlendes Wesen zu mir, eine Nachzüglerin, Komtessa Isabella. Sie betastet mich an vielen Stellen, greift in den Bart, fährt in ihrer Gänze mir am Hals unterm Kinn vorbei und pflegt zu sagen: „Die andern nicht, aber mich, aber mich laß hinaus." Ich schüttle den Kopf so viel ich kann. „Zum Fürsten Leo, um ihm die Hand zu reichen." Ich höre nicht auf, den Kopf zu schütteln. „Aber mich, aber mich", höre ich noch, dann ist sie weg. Und mein Tochterkind kommt mit Decken, wickelt mich ein und wartet bei mir, bis ich selbst gehen kann. Ein außerordentlich gutes Mädchen.

Fürst: Ein unbekannter Name, Isabella.

Pause.

Fürst: Die Hand mir zu reichen. *Stellt sich zum Fenster, blickt hinaus.*

Diener durch Mitteltür.

Diener: Ihre Hoheit, die gnädige Frau Fürstin lassen bitten.

Fürst *sieht zerstreut den Diener an – zum Wächter:* Warte, bis ich komme. *Links ab.*

Sofort durch Mitteltür Kammerherr,
dann durch Tür rechts Obersthofmeister
(jüngerer Mann, Offiziersuniform).

Wächter *duckt sich wie vor Gespenstern hinter das Ruhebett und fuchtelt mit den Händen.*

Oberhofmeister: Der Fürst ist weg?

Kammerherr: Ihrem Rat gemäß hat ihn die Frau Fürstin jetzt rufen lassen.

Oberhofmeister: Gut. *Wendet sich plötzlich, beugt sich hinter das Ruhebett.* Und du, elendes Gespenst, wagst dich wahrhaftig hierher ins fürstliche Schloß. Fürchtest dich nicht vor dem gewaltigen Fußtritt, der dich aus dem Tor hinausbefördem wird?

Wächter: Ich bin, ich bin -

Oberhofmeister: Still, zunächst einmal still, ganz still – und hierher in den Winkel gesetzt! *Zum Kammerherrn:* Ich danke Ihnen für die Benachrichtigung von der neuen fürstlichen Laune.

Kammerherr: Sie ließen mich fragen.

Oberhofmeister: Immerhin. Und nun ein vertrauliches Wort. Absichtlich vor dem Ding dort. Sie, Herr Graf, kokettieren mit der Gegenpartei.

Kammerherr: Ist das eine Beschuldigung?

Oberhofmeister: Vorläufig eine Befürchtung.

Kammerherr: Dann kann ich antworten. Ich kokettiere nicht mit der Gegenpartei, denn ich erkenne sie nicht. Ich fühle die Strömungen, aber ich tauche mich nicht ein. Ich komme noch von der offenen Politik her, die unter Herzog Friedrich galt. Damals war im Hofdienst die einzige Politik, dem Fürsten zu dienen. Da er Junggeselle war, war dies erleichtert, aber es sollte niemals schwer sein.

Oberhofmeister: Sehr vernünftig. Nur zeigt die eigene Nase – und sei sie noch so treu – niemals dauernd den richtigen Weg, den zeigt nur der Verstand. Dieser aber muß sich entscheiden. Gesetzt den Fall, der Fürst sei auf Abwegen: dient man ihm, indem man ihn hinunterbegleitet, oder indem man ihn – in aller Ergebenheit – zurückjagt? Ohne Zweifel, indem man ihn zurückjagt.

Kammerherr: Sie kamen mit der Fürstin von einem fremden Hof, sind ein halbes Jahr hier und wollen in den komplizierten Hofverhältnissen gleich den Schnitt auf Gut und Böse hin führen?

Oberhofmeister: Wer blinzelt, sieht nur Komplikationen. Wer die Augen offen hält, sieht in der ersten Stunde wie nach hundert Jahren das ewig Klare. Hier allerdings das traurig Klare, das sich aber schon in diesen Tagen einer hoffentlich guten Entscheidung nähert.

Kammerherr: Ich kann nicht glauben, daß die Entscheidung, die Sie herbeiführen wollen und von der ich nur die Ankündigung kenne, eine gute sein wird. Ich fürchte, Sie mißverstehen unseren Fürsten, den Hof und alles hier.

Oberhofmeister: Ob verstanden oder mißverstanden, der gegenwärtige Zustand ist unerträglich.

Kammerherr: Er mag unerträglich sein, aber er kommt aus dem Wesen der Dinge hier und wir würden ihn bis zum Ende tragen.

Oberhofmeister: Aber die Fürstin nicht, ich nicht, die zu uns halten, nicht.

Kammerherr: Worin sehen Sie denn das Unerträgliche?

Oberhofmeister: Gerade angesichts der Entscheidung will ich offen reden. Der

Fürst hat eine Doppelgestalt. Die eine beschäftigt sich mit der Regierung und schwankt geistesabwesend vor dem Volk, mißachtet die eigenen Rechte. Die andere sucht zugegebenermaßen sehr präzis nach Verstärkung ihres Fundaments. Sucht sie in der Vergangenheit und dort immerfort tiefer. Was für eine Verkennung der Sachlage! Eine Verkennung, die nicht ohne Größe ist, nur aber in ihrer Fehlerhaftigkeit noch größer als im Anblick. Kann Ihnen denn das entgehen?

Kammerherr: Nicht gegen die Beschreibung, nur gegen die Beurteilung wende ich mich.

Oberhofmeister: Gegen die Beurteilung? Ich aber habe in der Hoffnung auf Ihre Zustimmung noch milder geurteilt, als es wirklich in meinem Sinn liegt. Ich halte das Urteil noch immer zurück, um Sie zu schonen. Nur dieses: Der Fürst bedarf in Wirklichkeit keiner Verstärkung seines Fundaments. Er gebrauche alle seine gegenwärtigen Machtmittel und er wird finden, daß sie genügen, um alles zu schaffen, was die höchstgespannte Verantwortung vor Gott und den Menschen von ihm fordern kann. Er scheut aber das Gleichgewicht des Lebens, er ist auf dem Wege zum Tyrannen.

Kammerherr: Und sein bescheidenes Wesen!

Oberhofmeister: Bescheidenheit der einen Gestalt, weil er alle Kräfte für die zweite braucht, welche das Fundament zusammenscharrt, das etwa für den Babylonischen Turm ausreichen soll.

Diese Arbeit ist zu hindern, das sollte die einzige Politik jener sein, denen an ihrem persönlichen Bestand, am Fürstentum, an der Fürstin und vielleicht sogar am Fürsten selbst gelegen ist.

Kammerherr: „Vielleicht sogar" – Sie sind sehr offenherzig. Ihre Offenherzigkeit macht mich, um die Wahrheit zu sagen, vor der angekündigten Entscheidung zittern. Und ich bedauere es, wie ich es in letzter Zeit immer mehr bedauert habe, dem Fürsten bis zur eigenen Wehrlosigkeit treu zu sein.

Oberhofmeister: Alles ist klargestellt. Sie kokettieren nicht mit der Gegenpartei, sondern halten sogar eine Hand hin. Nur eine, das ist anerkennenswert für einen alten Hofbeamten. Doch bleibt Ihre einzige

Hoffnung, daß unser großes Beispiel Sie mitreißt.

Kammerherr: Was ich dagegen tun kann, werde ich tun.

Oberhofmeister: Es ängstigt mich nicht mehr *auf den Wächter zeigend.* Und du, der du so schön still sitzen kannst, hast du alles verstanden, was jetzt gesprochen wurde?

Kammerherr: Der Gruftwächter?

Oberhofmeister: Der Gruftwächter. Man muß wahrscheinlich aus der Fremde kommen, um ihn zu erkennen. Nicht wahr, mein junge, altes Käuzchen du. Haben Sie ihn schon einmal am Abend durch den Forst fliegen sehn, von keinem Kunstschützen zu treffen. Aber bei Tage duckt er sich auf einen Wink.

Kammerherr: Ich verstehe nicht.

Wächter *fast weinend:* Ihr zankt mit mir, Herr, und ich weiß nicht warum. Laßt mich, bitte, nach Hause gehn. Ich bin doch nichts Schlechtes, sondern der Gruftwächter.

Kammerherr: Sie mißtrauen ihm.

Oberhofmeister: Mißtrauen? Nein, dazu ist er zu geringfügig. Aber ich will doch meine Hand auf ihn legen. Ich denke nämlich – nennen Sie es Laune oder Aberglauben – daß er nicht nur ein Werkzeug des Schlechten, sondern ganz ehrenhaft selbständiger Arbeiter im Schlechten ist.

Kammerherr: Er dient etwa dreißig Jahre ruhig dem Hofe, ohne vielleicht jemals im Schlosse gewesen zu sein.

Oberhofmeister: Ach, solche Maulwürfe bauen lange Gänge, ehe sie hervorkommen. *Plötzlich zum Wächter gewendet:* Zunächst weg mit diesem! *Zum Diener:* Du führst ihn in den Friedrichspark, bleibst bei ihm und läßt ihn nicht mehr hinaus, bis auf weiteren Befehl.

Wächter *in großer Angst:* Ich soll auf Seine Hoheit den Fürsten warten.

Oberhofmeister: Ein Irrtum. – Pack dich.

Kammerherr: Er muß schonend behandelt werden. Es ist ein alter kranker Mann und dem Fürsten ist irgendwie an ihm gelegen.

Wächter *verbeugt sich tief vor dem Kammerherrn.*

Oberhofmeister: Wie? *Zum Diener:* Behandle ihn schonend, aber schaff ihn schon endlich hinaus! Flink!

Diener *Will zugreifen.*

Kammerherr *tritt dazwischen:* Nein, es muß ein Wagen geholt werden.

Oberhofmeister: Das ist die Hofluft. Ich kann kein Korn Salz herausschmecken. Also einen Wagen. Du überführst die Kostbarkeit in einem Wagen. Aber nun endlich aus dem Zimmer mit euch beiden. *Zum Kammerherrn:* Ihr Verhalten sagt mir -

Wächter *fällt auf dem Weg zur Tür mit einem kleinen Schrei nieder.*

Oberhofmeister *stampft auf.-* Ist es unmöglich, ihn loszuwerden. So nimm ihn doch auf den Arm, wenn es nicht anders geht. Begreife doch endlich, was man von dir will.

Kammerherr: Der Fürst!

Diener *öffnet die Tür links.*

Oberhofmeister: Ah! *Blick auf den Wächter:* Ich hätte es wissen sollen, Gespenster sind nicht transportabel.

Fürst *Mit schnellem Schritt, hinter ihm die Fürstin, dunkle junge Frau, Zähne zusammengebissen, bleibt an der Tür stehen.*

Fürst: Was ist geschehn?

Oberhofmeister: Dem Wächter wurde übel, ich wollte ihn wegschaffen lassen.

Fürst: Man hätte mich benachrichtigen sollen. Ist der Arzt geholt?

Kammerherr: Ich lasse ihn rufen. *Eilt durch die Mitteltür hinaus, kommt gleich wieder.*

Fürst *während er beim Wächter niederkniet:* Bereitet ein Bett für ihn! Holt eine Bahre! Kommt der Arzt schon? So lange bleibt er aus. Der Puls ist so schwach. Das nicht zu fühlende Herz. Das jämmerliche Rippenwerk. Wie abgebraucht das alles ist. *Steht plötzlich auf, holt ein Wasserglas, wobei er um sich blickt.* Man ist so unbeweglich. *Kniet gleich wieder nieder, befeuchtet des Wächters Gesicht.* Nun atmet er schon besser. Es wird nicht so schlimm, ein gesunder Stamm, noch im letzten Elend versagt er nicht. Aber der Arzt, der Arzt! *Während er zur Tür blickt, hebt der Wächter die Hand und streichelt einmal des Fürsten Wange.*

Fürstin *wendet den Blick ab, zum Fenster. Diener mit Bahre, Fürst hilft beim Aufladen.*

Fürst: Faßt ihn sanft an. Ach, mit eueren Tatzen! Den Kopf ein wenig heben.

Näher die Bahre. Das Kissen tiefer unter den Rücken. Den Arm! Den Arm! Ihr seid schlechte, schlechte Krankenwärter. Ob ihr einmal auch so müde sein werdet, wie dieser auf der Bahre. – So – und nun allerallerlangsamsten Schritt. Und vor allem gleichmäßig. Ich bleibe hinter euch.

In der Tür zur Fürstin: Das ist also der Gruftwächter.

Fürstin *nickt.*

Fürst: Ich dachte dir ihn anders zu zeigen. *Nach einem weiteren Schritt:* Willst du nicht mitkommen?

Fürstin: Ich bin so müde.

Fürst: Sobald ich mit dem Arzt gesprochen habe, komme ich hinüber.

Und Sie, meine Herren, wollen mir berichten, warten Sie auf mich. *Ab.*

Oberhofmeister *zur Fürstin:* Bedürfen Hoheit meiner Dienste?

Fürstin: Immer. Für Ihre Wachsamkeit danke ich Ihnen. Lassen Sie von ihr nicht ab, auch wenn sie heute vergeblich war. Es geht um alles. Sie sehen mehr als ich. Ich bin in meinen Zimmern. Aber ich weiß, es wird trüber und trüber. Es ist diesmal ein über alle Maßen trauriger Herbst.